W0265441

BASTEI LÜBBE
TASCHENBUCH

Über den Autor:

Peter Wittkamp lebt in Berlin und Porto. Er hat bereits als Zeitungsjunge, Kranstreicher, Putzhilfe, Schnitzelbräter, Barmann, Discjockey, Marktforscher und als Werbefritze gearbeitet. Zurzeit schreibt er. Manchmal für Agenturen, manchmal ins Internet, manchmal Bücher und manchmal nachts um drei eine SMS, die er besser nicht geschrieben hätte. In seiner freien Zeit interessiert er sich sehr für Supermärkte, Knobeleien und TV.

Peter Wittkamp

Ich bin rundum zufrieden

DINGE, DIE DEUTSCHE NICHT SAGEN

Mit Illustrationen von Elias Hauck

BASTEI LÜBBE
TASCHENBUCH

BASTEI LÜBBE TASCHENBUCH
Band 60833

Originalausgabe

Copyright © 2015 by Bastei Lübbe AG, Köln
Titelillustration: Elias Hauck
Illustrationen: Elias Hauck
Umschlaggestaltung: FAVORITBUERO, München
Satz: Florian v. Wissel, hoop-de-la, Köln
Gesetzt aus der DINPro und der DIN Next Slab
Druck und Verarbeitung: CPI books GmbH, Leck - Germany
Printed in Germany
ISBN 978-3-404-60833-1

MIX
Papier aus verantwortungsvollen Quellen
FSC® C006701
FSC www.fsc.org

Sie finden uns im Internet unter www.luebbe.de
Bitte beachten Sie auch: www.lesejury.de

7 6 5 4 3 2 1

Ein verlagsneues Buch kostet in Deutschland und Österreich jeweils überall dasselbe. Damit die kulturelle Vielfalt erhalten und für die Leser bezahlbar bleibt, gibt es die gesetzliche Buchpreisbindung. Ob im Internet, in der Großbuchhandlung, beim lokalen Buchhändler, im Dorf oder in der Großstadt – überall bekommen Sie Ihre verlagsneuen Bücher zum selben Preis.

Vorwort

»Grobe Leberwurst schmeckt mir einfach klasse!«

»Ich schaue am Sonntag gerne mal den Tatort!«

»Die Empfehlung der Stiftung Warentest ist mir besonders beim Neuerwerb von Haushaltsprodukten wichtig!«

Meine Güte, ein Buch über das, was Deutsche alles so sagen, wäre ganz schön öde geworden. Daher haben wir das Ganze umgedreht und schauen uns an, was sie **nicht** sagen!
Na ja … was *viele* Deutsche nicht sagen.

Denn dieses Büchlein ist natürlich vor allem eine Sammlung von Klischees.

Nicht jedem schmeckt die Leberwurst – es soll mittlerweile sogar Menschen in Deutschland geben, die komplett auf Fleisch verzichten (also nur Hühnchen essen).

Eigentlich schauen auch nur circa zehn Millionen Deutsche sonntags den Tatort, während die übrigen 70 Millionen diese Bürgerpflicht versäumen.

Vielleicht hat es sogar schon ein besonders tollkühner Deutscher gewagt, einen Toaster zu erwerben, den die Stiftung Warentest mit »ausreichend« tadelte. Rock 'n' Roll, Baby!

Dennoch bereiten solche Klischees eine Menge Freude – und vielleicht erkennen Sie sich in dem einen oder anderen Satz auch wieder. Beziehungsweise nicht, denn dann sagen Sie ihn ja nie. Hach, es ist kompliziert! Wir hätten doch lieber ein Buch über das, was Deutsche sagen, machen sollen.

Trotzdem viel Spaß!

Wasser, Hopfen, Malz, pink Grapefruit – mehr braucht ein gutes Bier nicht.

Egal, welche Marke:

Hauptsache, es fährt!

Eine dunkle Brotsorte und eine helle.

Mehr braucht kein Mensch!

Sonntagabend, viertel nach

Passt! *Da habe ich noch nichts vor!*

acht?

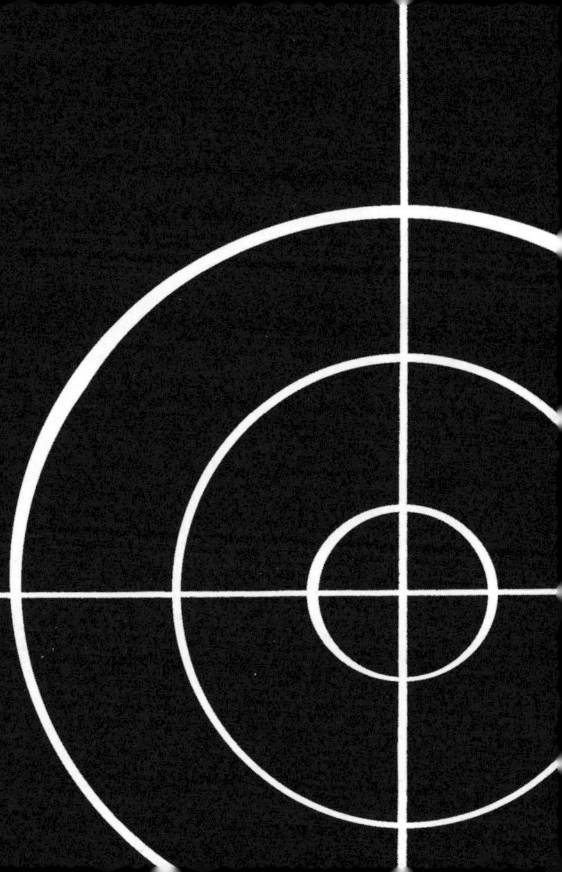

Es gibt so ungefähr zwei

bis drei Rudi Völler, würde ich schätzen.

Ich fliege vom Flughafen Berlin Brandenburg nach Hamburg und besuche ein Konzert in der Elbphilharmonie.

Ach ...

was soll man über das Wetter schon groß sagen:

Es ist perfekt, genau so wie es ist!

Igitt!

Ist das etwa rohes Hackfleisch auf dem Brötchen?

Die deutsche Bahn – ***da stimmt einfach alles!***

Danke, ich brauche keinen Warentrennstab.
Die Kassiererin wird an der

großzügigen Lücke schon erkennen,
dass ein neuer Einkauf beginnt.

Meine Landsleute im Ausland:
stets vorbildlich.

Trag doch mal was Beiges, Oma!

Sei mal kurz ruhig, es läuft wieder die Seitenbacher-Werbung, die ich so gerne mag.

Die Frage beim TV-SMS-Gewinnspiel
ist heute ganz schön ...

(A) ... kniffelig

(B) ... leckere Mettwurst

Unsere Dialekte –

die einfachste Möglichkeit, ***ein bisschen klüger*** zu wirken.

Ach, nehmen Sie doch einfach die Parklücke!
Ich finde schon eine neue.

Ich muss noch schnell in den Baumarkt,

die Tiernahrung

da haben sie

reduziert!

Nena, Modern Talking, Tokio Hotel – um nur drei zu nennen!

Auf unsere musikalischen Erfolge im Ausland bin ich manchmal schon ein bisschen stolz.

Te

Einhund

auf der Lan

ganz gut, viell

auch auf den Aut

po

t klappt

straße doch

icht wäre das

bahnen sinnvoll.

Belegt
Belegt

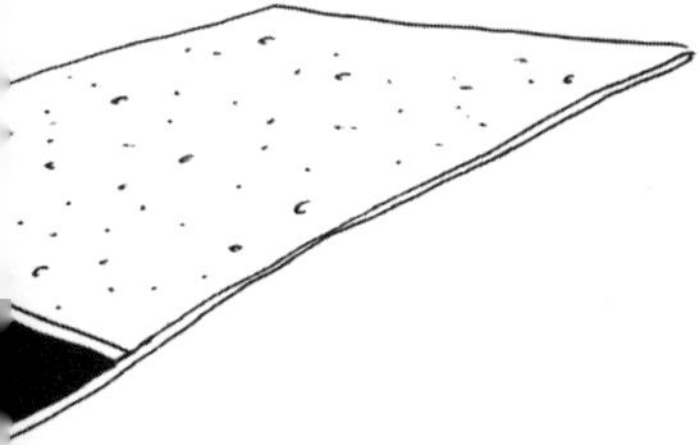

Warten Sie kurz:
Ich nehme schnell mein Handtuch weg,
und dann können Sie den Liegestuhl
gerne haben!

Schon wieder Wurst zum Frühstück?

Der Golf GTI:

Am besten lässt man ihn so, wie er ab Werk kommt.

Klasse, dass sich mein Telefonanbieter jede Woche bei mir meldet,

Das nenn ich mal Kundenpflege!

um mir ein neues Wahnsinnsangebot zu machen.

Stiftung Warentest sagt zwar mangelhaft, aber vielleicht hatten die einfach nur einen schlechten Tag.

Ich nehm‘s mal mit!

Flüchtlinge in Deutschland aufnehmen?

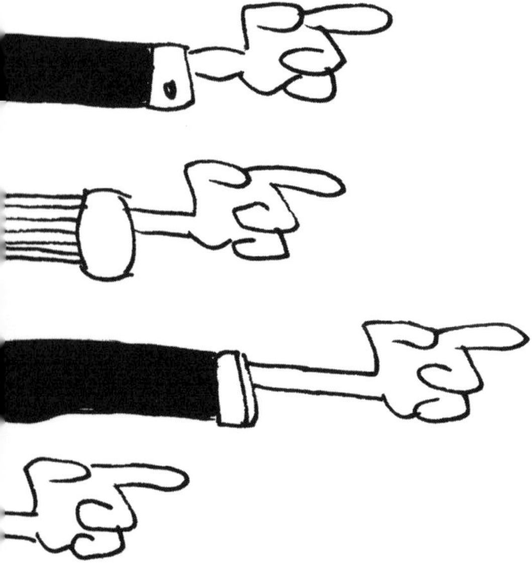

Selbstverständlich!

Am besten direkt gegenüber.

Und daneben wäre auch noch Platz für einen Mobilfunkmast und ein Windkraftrad.

Huch, dagegen bin ich ja gar nicht versichert!

Sturm der Liebe, Markus Lanz
und samstagabends Volksmusik –
die Öffentlich-Rechtlichen wissen
einfach, wie sie das Beste aus
meinem **RUNDFUNKBEITRAG** machen.

Der Sommer zieht sich mal

w i e d e r v i e l z u l a n g

Unsere Parteien sind ja ein bisschen wie M&Ms: *unterschiedliche Farben, aber alle gut.*

Schau mal, sie haben in diesem Restaurant darauf verzichtet, den Kindergerichten Namen von Zeichentrickfiguren zu geben.

Endlich wieder Montag!

Lustige Spielchen bei etwas so Feierlichem wie einer Hochzeit? *Das passt doch nicht zusammen!*

Klasse! Nur Rentner vor mir an

der Kasse. Das geht flott!

Musikvideos auf YouTube: **ein Träumchen!**

Ui, RTL zeigt ein Event-Movie.

Da wird Hollywood ganz schön zittern!

Danke, aber bei der Hitze lieber **kein Bier**.

Wie hieß noch mal die Firma, die repariert und austauscht?

Ach,

den

Rasen

kann

ich

auch

noch

in zwei

Wochen

mähen.

Lange kein Hitler mehr auf dem **SPIEGEL**-Titel!

Wenn ich mich mal intellektuell so richtig fordern möchte, gehe ich einfach in den neuen Schweiger-Film.

Brötchenzange?

Brauch ich nicht, es lebe der Rock 'n' Roll!

Bernhard-Viktor

Christoph-Carl

von Bülow

Nicht so schlimm – ist doch nur ein

Lacksc

haden!

Ich kann ja auch erst mal nur so viel auf
wie ich auf jeden Fall esse,

meinen Teller laden,

und dann später noch mal
zum Buffet gehen.

Super,
im September
gibt es
endlich
wieder

Weihnachtssüßigkeiten
im Supermarkt!

Oh! Ein Unfall.

Na ja, ich geh mal weiter …

Im TV wird viel zu wenig gekocht!

Gegen Holland kann man auch mal verlieren.

Warum sind denn da Fliesen

auf dem Wohnzimmertisch?

[brus'ket:a]

Eine zweite Kasse ist nicht nötig,
lassen Sie der Kollegin ruhig ihre Pause.

Was ist denn das für ein

Der Dicke haut nur drauf

schlechte Scherze.

komischer Western?

und der Blonde macht

Hier kann man auf keinen Fall grillen.

Schatz, diese Outdoorjacke nehme ich schon, such dir bitte eine andere aus.

Zehn Jahre später

Das Arschgeweih ist

muss ich sagen:

ein echter Klassiker!

Mittelaltermarkt?

Klingt uninteressant.

Boris Becker ist wie ein guter Wein:

Er wird mit den Jahren

immer besser.

völlig im Einklang. Der Taxifahrer war mit der allgemeinen Lage der Welt und im Besonderen mit dem Verhalten anderer Verkehrsteilnehmer

Ich lebe jetzt vegan, aber das muss ich ja nicht jedem gleich auf die Nase binden.

Einmal das Döner-Angebot für Einsfünfzig.
Aber davor würde mich noch kurz interessieren,
wo das Lamm aufgewachsen ist.

Glühwein – Genuss ohne Reue!

Dieses Jahr hat der Baum aber wirklich genug Lametta.

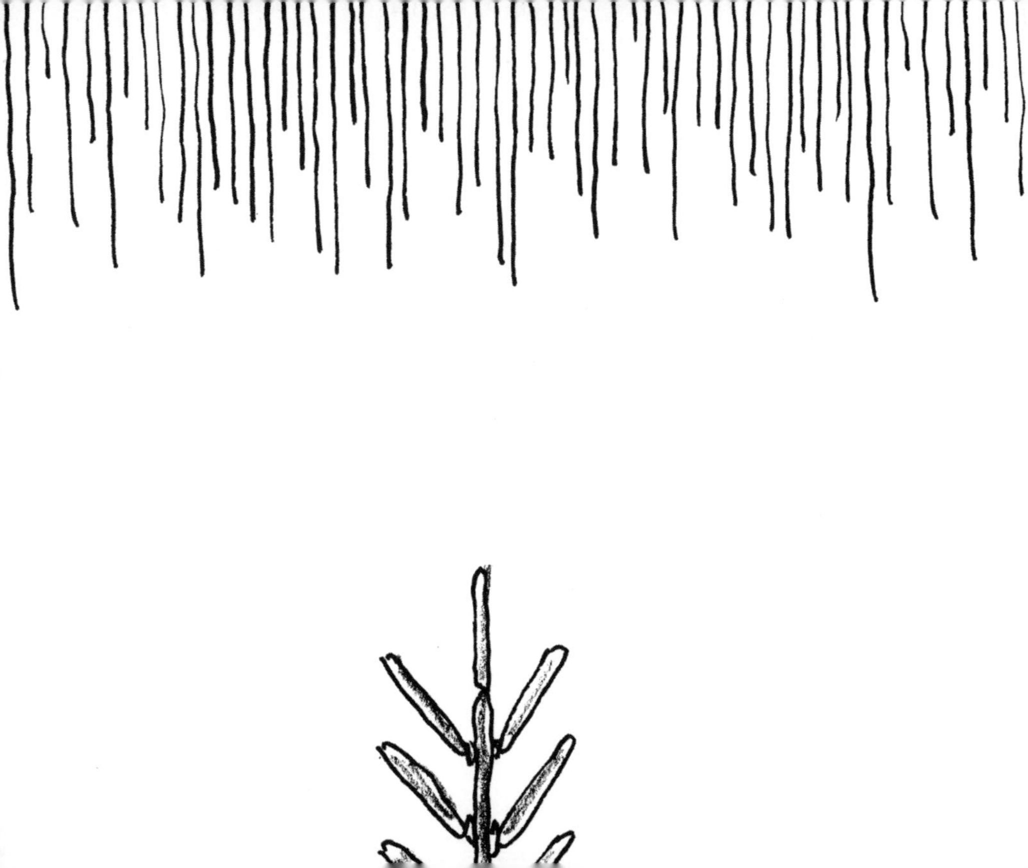

An Weihnachten ist voll und zu festlich,

ich gehe lieber an den übrigen 51 Sonntagen.

mir die Kirche zu

Klasse Fußballspiel,
klasse Kommentator.

Warum gibt es in dieser Kaffeerösterei Bettwäsche, Pfannen und eine komplette Badezimmerausstattung?

Zum Dschungelcamp habe ich

keine Meinung!

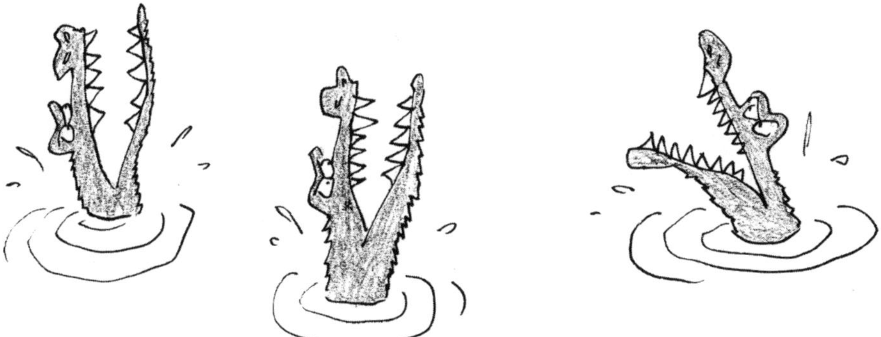

Mist,

Dabei war der

schon verbunden.

Warteschleifensong so gut!

Warum hat denn niemand einen Nudelsalat auf die Party mitgebracht?

Jetzt reden wir schon eine Viertelstunde über Helge Schneider, und es hat immer noch niemand versucht, ihn zu imitieren.

Ach, Bier … da gibt es geschmacklich kaum Unterschiede.

Es wäre schön, wenn es einen Radiosender gäbe, der vor allem die 80er und 90er spielt. Und vielleicht noch ein bisschen was Aktuelles.

Kannst du mir aus dem

Haselnuss transparentes einen Fettstift

Supermarkt
brotaufstrich, Klebeband und für die Lippen
mitbringen?

Ein ZWERG?

Im GARTEN?

Warum???

Der **Solidaritätszuschlag** ist meine Lieblingsabgabe!

Lecker, das Mikrowellengericht

sieht genauso aus wie auf dem

Serviervorschlag.

Dauert nicht lange, ich gehe nur schnell zum Amt.

Auswandern ist schon stressig genug, da brauche ich nicht noch ein Fernsehteam dabei.

Es gab Krieg? Weltweit? In den 40er Jahren?

Warum wird das denn nie thematisiert?

**Wenn wir erst mit-
einander reden,
werden die Leute
schon feststellen,
dass ich Humor
habe, da brauche**

ich nicht extra ein

witziges

T-Shirt.

Michalina! Danke, dass Sie bei uns putzen wollen. Wir bräuchten dann nur noch die Steuernummer und ihre Krankenkasse.

Warum gibt es in dieser Einkaufsmeile

denn gar keinen Nordsee?

Elternabende!
Erstaunlich, dass etwas so Sinnvolles und Zielführendes auch noch Spaß macht!

Damit kann man auf keinen Fall eine Bierflasche öffnen. Ich versuche es erst gar nicht.

Sprit ist heute 2 Cent billiger?

Ja gut, aber deshalb fahr ich jetzt nicht extra zur Tanke!

Wo finde ich denn in diesem Baumarkt einen Mitarbeit...
ach, da ist ja schon einer!

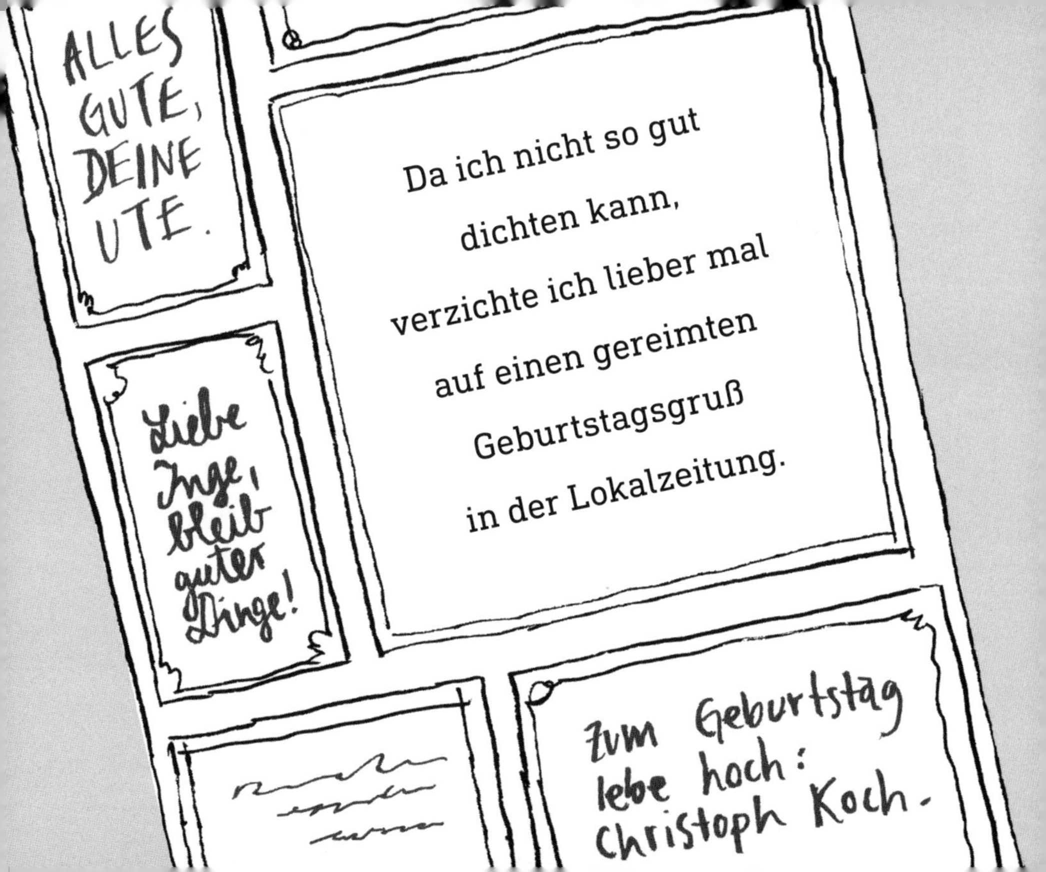
ALLES GUTE, DEINE UTE.
Da ich nicht so gut dichten kann, verzichte ich lieber mal auf einen gereimten Geburtstagsgruß in der Lokalzeitung.
Liebe Inge, bleib guter Dinge!
Zum Geburtstag lebe hoch: Christoph Koch.

Lass uns doch mal über unsere Gehälter austauschen!

Die anderen werden schon merken, dass ich mich über einen WM-Sieg freue, auch wenn ich nicht mit dem Auto hupend durch die Stadt fahre.

»Die da oben« wissen erstaunlich gut Bescheid!

Bayern, Sachsen, Ostfriesen, Rheinländer – alles nur Namen. Die Mentalität ist im Grunde dieselbe.

Lassen Sie mal, das regeln wir ganz unbürokratisch!

Woher soll ich denn wissen, was man als Nationaltrainer besser machen könnte?

Ich schau mir das Spiel doch nur vom Sofa aus an!

Draußen vorm Café sitzen, aber
ein Deckchen über die Beine legen –
das ist ja jetzt auch inkonsequent.

Das kann man nicht besser machen!

Warum gibt diese Apotheke eine Zeitschrift heraus?

Lass die Stilettos ruhig an, das Parkett
wird es schon aushalten.

Dafür brauchen wir nicht extra einen Verein zu gründen!

Das kann man unmöglich selbst reparieren, da lassen wir lieber einen Profi ran.

Für das leibliche Wohl

ist leider nicht gesorgt.

Aber für das geistige Wohl! Denn weitere Sätze, die es nicht mehr in dieses Buch geschafft haben, finden Sie unter: www.facebook.com/ThingsGermanPeopleDontSay

Und wenn Sie selbst einen Satz haben, den Deutsche nie sagen würden, schreiben Sie uns dort auch gerne!

Danke!

Ich danke ganz herzlich und wieder einmal dem klugen und kräftigen Sebastian Cleemann für seine Hilfe!

Außerdem geht ein Dankeschön und ein kleiner Kuss an Catherine Marten.

Ich danke auch allen Facebook-Fans, ohne die aus dieser Seite nie ein Buch geworden wäre. Ganz besonders den Fans, die mit ihren Sätzen selbst dazu beigetragen haben: Andy H., Christian Frohn, Golden Blue, Jacob Rieche, Su Purol, Thomas Härtel, Torsten Hotzenplotz und Tomas Aquinas.

Dass ohne Zeichner Elias Hauck und Lektorin Mareike Neukam dieses Buch ganz unansehnlich und voller Fehler wäre, brauche ich ja gar nicht erst zu erwähnen.

Zuletzt danke ich jedem Leser, der seine sieben Euro lieber für dieses Buch anstatt für die Autowaschanlage ausgegeben hat.

Aber reinigen Sie die Karre trotzdem recht bald! Was sollen denn die Nachbarn denken ... !